T0123371

ISBN 142510787-7

9 781425 107871

CUENTOS CORTOS PARA CALMAR NOCHES LARGAS

Compre este libro en línea visitando www.trafford.com/06-2545
o por correo electrónico escribiendo a orders@trafford.com

La gran mayoría de los títulos de Trafford Publishing también están
disponibles en las principales tiendas de libros en línea.

© Copyright 2008 Alejandra Gravina.
Edición de portada por Marcelo Lozada Barzanti
www.gotrainforest.com
Traducido al Inglés por Andrea Leary

Todos los derechos reservados. Esta publicación no puede ser reproducida, ni en todo ni en parte, ni registrada en o transmitida por un sistema de recuperación de información, en ninguna forma ni por ningún medio, sea mecánico, fotoquímico, electrónico, magnético, electroóptico, por fotocopia, o cualquier otro, sin el permiso previo por escrito del autor.

Aviso a Bibliotecarios: La catalogación bibliográfica de este libro se encuentra en la base de datos de la Biblioteca y Archivos del Canadá. Estos datos se pueden obtener a través de la siguiente página web: www.collectionscanada.ca/amicus/index-e.html

Impreso en Victoria, BC, Canadá.

ISBN: 978-1-4251-0787-1

En Trafford Publishing creemos en la responsabilidad que todos, tanto individuos como empresas, tenemos al tomar decisiones cabales cuando estas tienen impactos sociales y ecológicos. Usted, en su posición de lector y autor, apoya estas iniciativas de responsabilidad social y ecológica cada vez que compra un libro impreso por Trafford Publishing o cada vez que publica mediante nuestros servicios de publicación. Para conocer más acerca de cómo usted contribuye a estas iniciativas, por favor visite:http://www.trafford.com/publicacionresponsable.html

Nuestra misión es ofrecer eficientemente el mejor y más exhaustivo servicio de publicación de libros en el mundo, facilitando el éxito de cada autor. Para conocer más acerca de cómo publicar su libro a su manera y hacerlo disponible alrededor del mundo, visítenos en la dirección www.trafford.com/4501

www.trafford.com/4501

Para Norteamérica y el mundo entero
llamadas sin cargo: 1 888 232 4444 (USA & Canadá)
teléfono: 250 383 6864 • fax: 250 383 6804
correo electrónico: info@trafford.com

Para el Reino Unido & Europa
teléfono: +44 (0)1865 487 395 • tarifa local: 0845 230 9601
facsímile: +44 (0)1865 481 507 • correo electronico: info.uk@trafford.com

10 9 8 7 6 5 4 3 2

Alejandra Gravina

CUENTOS CORTOS PARA CALMAR NOCHES LARGAS

Índice

Gratitudes

A mi madre, por darme la vida.
A mi hermano, porque ahora comprendo el real sentido del buen humor.
A mis amigos a lo largo de toda mi vida, porque muchos me enseñaron el sentido de la palabra lealtad.
A mis almas gemelas, porque de ellas tome alguna parte, para escribir este libro.
A mi gata, por hacerme compañía todas las noches de todo este libro.
A Pixeloso, porque Dios puso un ángel en mi camino, y ese es el.
A Andy, porque sin su lenguaje este libro solo se hubiera publicado en español.
Y a "Dientes de Leche", porque el fue la principal inspiración de este viaje que están por abordar.

Prólogo

Porque cuando decidimos amar sin egoísmo, sin posesión, sin pensar en nada más que en hoy como un gran regalo del universo, logramos liberarnos de tanto complejo, de tanta tradición arraigada por tantos años como una gran mochila repleta de piedras sin ningún sentido.
Porque cuando uno tiene la felicidad de haber podido sentir el amor en cuerpo y alma, es cuando puede traspasar los más oscuros momentos como un puente, hacia algo muchísimo mejor.
Porque lo único que nos llevaremos será lo que nos quede en la retina acerca de viajes, de alegrías compartidas, de momentos irrepetibles... es que decidí escribir este libro que llega a ustedes con todo el amor del mundo.
Y porque lo único que dejaremos serán pequeñas huellas en los que nos hayan amado de la manera que supieron, es que también sentí dejar estas líneas como un gran presente para todos los que valoren el amor como esencia primera tanto hacia los seres humanos como asi también hacia la Madre Naturaleza.

Bienvenidos!
Que lo disfruten tanto como yo lo hice escribiéndolo…

Sed de morir amando

Estaba sentada en la cama, pensando cómo había sucedido?... Cómo podía estar ella ahí, en ese sitio? Preguntándose en qué había fallado?... En qué se había equivocado?...

Y dándose vuelta apenas, volvió a ver la escena en la que minutos antes se vio involucrada.

Una escena horrible, aterrorizante, paralizante.

Justo en el momento que termina de hacer el amor con su amante, éste muere y su espíritu la traspasa y queda en la habitación flotando sin poder salir de allí.

Y ella, casi a punto de desmayarse, seguía respirando sin poder escapar, como si ella también hubiera quedado detenida en esa habitación, a la cual ya habían venido tantas veces para amarse y luego volver a sus vidas separadas, normalmente.

Hubo algo que ella recordó en ese instante: NUNCA LE HABIA PREGUNTADO A EL DE DONDE ERA? NI EN QUE LUGAR VIVIA?...

Pero para qué hacerlo... si el estaba viviendo con otra persona...

Sin embargo, él logró enamorarla, y ató sus íntimos secretos al espacio de esa alcoba. Y ella se dejó atar sin pensar en NADA MÁS.

Ahora, al tratar de huir y regresar para poder olvidar... no podía !!!

Tenía tanto miedo de morir también...porque un segundo antes de unir sus cuerpos los dos enloquecieron diciendo lo que muchas parejas dicen... "SI TUVIERA QUE MORIR QUISIERA MORIR CONTIGO EN ESTE PRECISO MOMENTO "!!!...

Y pensar que él estaba... pero solo en espíritu frente a ella.

Y ella estaba en cuerpo y alma aun, frente a él. Ella logró mirarlo y le preguntó:

– Por qué pasó de esta manera?

– Por qué me siento igual que tu, pero no estoy muerta?

El, todavía en silencio, la miró, la observó, la absorbió, la encendió, la amó, quiso alzarla y llevarla a un lugar lejos del dolor, de la tristeza y del vacío que ella sentía...

Y ella, cada vez mas desesperada, le pidió que le explicara lo que estaba pasando, porque cada vez era más débil su fuerza...

Y entonces él le respondió por fin y le dijo:

– Amor mío, sabes por qué no puedes salir de aquí?

– Sabes por qué sientes que estás sin fuerza y como que tu cuerpo se está desvaneciendo y perdiendo?

– Porque los dos estamos muertos!!! Pero tú todavía quieres atarte a esa vida que ya no tienes…

Ella comenzó a gritar, a llorar desgarrada-mente, a inventar mentiras que no saldrían de allí.

Comenzó a vestirse y sus ropas en vez de cubrirla se caían al piso sin forma alguna.

Quiso ponerse su anillo y pasó lo mismo... Quiso tantas cosas pero todas fueron en vano…

Hasta que, por fin, se dio cuenta, volviendo a mirar la cama donde hubo TANTO AMOR, que ahora yacían dos cuerpos en vez de uno…

Sin palabras, sin sonido, muda, lo abrazó y en ese abrazo le pidió que la llevara lejos del dolor, de la tristeza y del vacío que ella sentía… Y él así lo hizo.

Se fueron en paz, con todo el amor del último minuto, donde siempre parece que se nos va la vida, verdad?

Tengan cuidado la próxima vez que se amen. Cuidado con lo que vayan a decir, porque podría convertirse en realidad, ok!?!

Te ame hasta llegar al infinito

Todo terminó y Alexia estaba exhausta y muy feliz.

Por fin ese viaje había finalizado por la eternidad.

Pensar que todo comenzó una noche de verano.

Hacía mucho calor, mucha humedad, mucha presión.

La misma presión que ella sentía frente a tanta gente que la esperaba con mucho entusiasmo para que abriera la décima edición de ese viaje increíble que hiciera ella misma por primera vez diez años atrás.

En esta décima edición, Alexia estaba diferente, sentía miedo, angustia y una indescifrable tristeza, ya que el piloto que siempre la acompañó... esta vez ya no lo haría.

Había "muerto" en un viaje relámpago que hizo él, solo para corroborar que todo estuviera a punto... pero algo sin sentido lógico sucedió... nadie pudo explicar físicamente, ni siquiera la famosa caja negra, que pasó en esos escasos cinco segundos que Federico estuvo sin comunicación.

Cuando esos largos, extensos e interminables segundos finalizaron, la torre de control no vio ya vida en la nave. Simplemente, él estaba: muerto.

Ella no podía creer que su compañero por más de quince años ya no estuviera a su lado. Ella se resistía a no visualizarlo más frente a la pantalla diciéndole todo lo que veía y sentía cada nueva temporada cuando reestrenaba ese fabuloso viaje a las estrellas por más de una hora con esos cinco pasajeros que compartían con él ese paisaje tan diferente al de la Tierra.

Ahora Alexia había decidido tomar el control del trasbordador y dejar a su hermana a cargo desde la Tierra.

Por qué? Pues porque simplemente quería investigar.

Nadie había querido de modo alguno volar y hacer el mismo circuito que Federico hiciera por tantos años. Era como un terror sobrenatural el que los poseía al contestar: NO.

Pero ella, al pensar en él, se daba fuerzas para llegar hasta las últimas consecuencias para poder hallar la verdad, entre tanta duda sobre su desaparición.

Llegó el día pautado para la partida. Todo estaba previsto. Cada detalle: ajustado. Cada uno de los cinco pasajeros: en su sitio designado al detalle. Las preguntas de cada uno de ellos sobre la rutina anual: despejadas.

El viaje sería perfecto. Aunque Alexia sentía una excitación extraña porque se confundía con la emoción del despegue, también estaba segura de que éste sería su último viaje.

Estaban llegando al exacto lugar donde verían la tradicional lluvia de estrellas antes del magnífico, brillante y excelso silencio plateado que deja la estela... cuando todo se oscureció... todo se detuvo. Los motores. La respiración. El espacio entero.

Y de pronto fueron desaparecieron los controles de mando, los asientos, las paredes... nadie podía emitir sonido alguno...se podía palpar una mezcla de maravilla y terror.

La sensación era de estar con vida pero muerto!!!

Entonces justo en ese pensamiento de muerte que la tenía con tanto miedo apareció él: Federico.

– Dios Santo!!! Estás vivo!!! – Vociferó.
El primer sentimiento fue de gran paz y alegría por verlo. Luego sintió que algo estaba mal, que el tiempo no era el mismo, que estaba como fuera de su cuerpo... no lo sabía a ciencia cierta. Tantas cosas en un solo instante.

El le explicó que estaban flotando en la nada del espacio, en diferente dimensión...

por eso en los controles de La Tierra nunca aparecerían señales de vida.

Le mostró su convivencia con esa soledad infinita e inmensamente pacífica.
Y que en esa soledad, la nombró y que apareció mágicamente ante él.

Alexia decidió entonces colocar al mando al turista mas avezado en materia de viajes espaciales, que ella misma había elegido por si le pasaba algo... Y había acertado con la elección.

Ellos volvieron a La Tierra sanos y salvos, además de fascinados con todo lo visto y muchísimo más con esta experiencia real de dos espacios posibles.

Ella, como ustedes están suponiendo, se quedó con él para siempre... Aunque muerta para la vida terrenal, pero viva para el amor que la hizo llegar hasta el infinito.

Almas gemelas?

Ella nunca se imaginó la atracción que ese hombre le produciría no bien se lo presentaron la noche de ese viernes 23 de diciembre...

Era una noche bastante fría...

Llegaron a buscarla a su apartamento. Todos bajaron de la camioneta para saludarla, menos él.

– Qué antipático! – pensó ella, definitivamente.

Cuando se sentó en el asiento trasero de la van de su amiga lo saludó, pero tuvo que mirarlo nuevamente porque había "algo" diferente en él.

A partir de ese momento, a pesar del pensamiento concreto de que él era totalmente descortés, no dejaron de mirarse y hablarse y mirarse y hablarse.

Aunque ella sabía desde un principio que él tenía otra vida, igualmente siguió caminando sobre ese fuego, el cual no la quemaría... todo lo contrario, la reviviría y le haría sentir que había encontrado a alguien tan especial como ella...como si se mirara en un espejo casi en un ciento por ciento.

Y pasó Navidad...

Y pasó Año Nuevo...

Y en Año Nuevo se volvieron a ver...

Y fue como encontrar agua nítida, clara y fresca. Fresca como haberla encontrado en un oasis frente a tanto desierto mundano.

"Cóncavo y Convexo"... así ella describe esa relación. Circular, sin asperezas, entre los dos se entrelazan no solo en su unión sino también en su inteligencia, en su esencia.

Sabiendo el final, a ella sólo le importa estar feliz en estos tiempos donde en el mundo solo se vive tanto dolor, tanta muerte y tanto desamor.

Y ellos, habiéndose separado algunas veces, siguen juntos... hasta que ese invisible hilo de amor se corte...

Que dificil es amarse

Habia decidido mudarse al campo porque la ciudad lo habia asesinado mentalmente.

La agonía de levantarse cada mañana para ir a la oficina de un jefe inescrupuloso, para entrar a las ocho am y no saber la hora de salida, para tratar de ascender honestamente, pero sin éxito. O tratar de sentirse valorado, y no poder… y asi se podrían seguir enumerando excusas… pero el ya se habia cansado de esperar ese "milagro".

Luego de adquirir un lote con casa incluida, modesta pero cómoda, salió esa misma noche hacia su libertad.

Ese lugar se hallaba solo a dos horas de la ciudad de la cual habia huido. Asi que si extrañaba algo de ese lugar, solo tenia que tomar su camioneta y zarpar para allá…

Era muy excitante vivir fuera del ruido constante de la urbe. Ese incesante y monótono sonido que orada hasta el alma cuando se siente ese vacío sin nada que dar a nadie porque no hay a quien dárselo...

Entonces es magnifico explorar otro mundo completamente diferente donde uno se encuentra a si mismo.

Es maravilloso verse cada día creando labores nuevas y adquiriendo una experiencia nunca antes visitada salvo en raras ocasiones cuando algún familiar o amigo invitaba a "irse de campamento"...

Ahora todo el tiempo estaba allí esperando por el. Quizás el con tanto por conocer no se habia tomado el tiempo todavia para verse a si mismo… pero por dentro.

Quizás prefería investigar y fatigarse hasta caer rendido tarde en la noche, a tener que vérselas consigo mismo.

Y se preguntarán por qué?, verdad?
Pues porque también su corazón estaba agonizando. Hasta que un día se miro al espejo...

Entonces ahí recién se vio realmente como era: era NADA.

No se veía! Por qué?

Porque lentamente se habia ido negando a ocuparse de el mismo.

Porque se olvidaba cada día de prestarse atención.

Porque definitivamente… no se amaba.

Y entonces supo que era lo que tenia que hacer para recuperar su alma.

Tenia que encontrarse a si mismo para volver a verse en el espejo.

Por escalar en el trabajo se fue haciendo invisible y resistente al amor... Que lo busco mucho y al no encontrarlo, lo hizo desaparecer de su propio ser.

Fue asi que, día a día, construyó con dolor pero tenazmente su amor propio que lo fue llevando a "verse" nuevamente como la persona que fue una vez, antes de perderse por ambición... esa ambición que nos lleva a veces a alejarnos de nuestra esencia, que es El Amor.

Como me sentiré mañana

Eran las dos de la madrugada. No podía dormir. Tenía muchos pensamientos rondando su cabeza.

Pero uno de ellos era el que una y otra vez volvía a insistir en hacerse presente: siempre que llegaba alguien a su vida, no podían estar juntos por mucho tiempo.

Le pidió a su Dios que disipara sus angustias y le permitiera descansar.

Y así sucedió.

Solo que cuando logró conciliar el sueño... su mente voló lejos, muy lejos, hacia un lugar repleto de bellas flores, árboles preciosos, mansos animales, aguas cristalinas y en movimiento, un aroma increíble... y una inmensa paz en cada rincón de ese paisaje de ensueño.

Todo era maravilloso, el amor se percibía en todas partes.

Y se sintió tan feliz.... no tenía que pronunciar palabra, porque todo estaba en armonía y en su exacta sincronía que el sonido de ella no hacia falta en absoluto.

Ya habia llegado el amanecer cuando sonó el inevitable y diario ruido del despertador!!!

Pero fue diferente...

No tuvo ya tristeza por otro día más, sino que se sintió completa, con unas ganas de vivir, que hacía mucho tiempo no experimentaba.

La felicidad que palpó en todo su cuerpo al estar en ese "sitio" lleno de amor, la hizo reflexionar algo:

"El amor hacia algo o hacia alguien no tiene que ser por la eternidad, ni siquiera por años... El amor tiene que ser por el día en que lo vives. Eso tiene que rodear tu vida: EL AMOR COTIDIANO. Quién me promete que lo que ame hoy, estará mañana?...

Entonces: amemos por hoy, seamos felices por hoy, soñemos bellos momentos por hoy, estemos juntos por hoy."

Asi sea.

La laguna de otoño

Me pareció haber visto ya, ese paisaje sereno y ordenado, con sus colores perfectos, el cielo y la laguna entrelazando los esmeraldas verdines con la profunda e infinita bóveda celeste cobijando los últimos destellos de febo en una alegre sinfonía cromática desde el rojo al amarillo en escala ascendente cual si fuera de DO a SI, iluminando en un multicolor descenso las lilas, las violetas, las románticas lavandas, las "no me olvides"...

La sinfonía es ahora muy lenta, si; lenta y melancólica, no puedo ubicar en el tiempo y el espacio cuando antes me abordo esta mezcla de sensaciones. Pero en fin, la tarde estaba tan agradable, con la brisa suave que rozaba mi cuerpo y el sol de otoño lejano pero a la vez resplandeciente, que me dieron ganas de gozar de esta naturaleza divina, asi que me recosté en un tronco ancho y viejo a la orilla de la laguna, cerré mis ojos, despeje mi mente y trate de recordar...

Si; era ahí, en ese preciso lugar, en mi infancia, una tarde de otoño, todo igual, nada cambio; los mismos pájaros cantando, el mismo sol alumbrándome, la misma brisa rozándome; era todo maravilloso.

Recuerdo bien lo feliz que era en este bosque. Como olvidarlo; si aquí tuve mi primer cosquilleo en el pecho, mi primer latido extraño, mi primer amor; uno nunca se olvida de ese amor sencillo y puro que toca por primera vez la puerta de nuestro corazón.

Siempre me gusto la naturaleza, estar al aire libre, pero mas que nada me gusta la segunda estación EL OTOÑO en este bosque; ver las hojas caer de los árboles, las flores marchitarse para luego volver "a nacer" y escuchar el ruido de las hojas secas al pisarlas.

Todo era paz... Siempre jugábamos a las escondidas y nos decían: ven esos árboles lejanos que se reflejan al final de la laguna, dónde parece aclarar su color? Nunca vayan mas allá, siempre jueguen en estos cercanos.

El árbol que más nos gustaba era el más vistoso, el más grande, el más hermoso de todos, es el primero que se observa antes que nada al ver este paisaje extraordinario.

Aquella vez que Juan – mi primer amor –, junto para mí un ramillete de flores lilas y rosadas, que rodeaban la laguna, me enamoro.

Esa misma tarde corrimos juntos hacia la laguna, por alrededor de los árboles y nos recostamos en el césped. Juan me decía al oído que me amaba, que soñaba noche y día con un futuro juntos, que nunca me iba a dejar de querer y que pase lo que pase siempre estaría a mi lado.

El aroma de las flores calmo la emoción que llevaba dentro de mí, por todo esto que me estaba pasando.

Las ramas delgadas que parecían llegar a lo alto del cielo como para querer acariciarlo, no se por que, pero me daban algo de nostalgia. Esa tarde de otoño fue hermosa e inolvidable para los dos. Pero mis latidos comenzaron a acelerarse, cuando recordé algo muy triste, algo horrible que habia sucedido. Esa tarde que todo era color de rosas, que todo parecía ser maravilloso, paso a ser todo negro, toda una horrible pesadilla de la cual no pude despertar.

Esa laguna que se veía tan calma, serena y fresca, se llevo la vida de Juan de un día al otro, como si la vida no valiera nada; yo jamás llegue a pensar que una cosas semejante me podría ocurrir.

Cuando nos levantamos del césped, comenzamos a juntar las hojas secas y pétalos de flores que se posaban por donde miráramos y cubrimos la laguna de colores.

Junto a unas hojas cayo en la laguna mi anillo preferido, y Juan como todo un caballero, trato de rescatarlo, pisando troncos que flotaban sobre ella.

Yo le dije que no importaba, que era peligroso, pero no me escucho...

De pronto desapareció de mi vista... estaba ahogándose!!! Por qué???

Yo siento que no hice todo lo posible por ayudarlo, porque si hubiera puesto mas esmero, quizás Juan estuviera aquí, conmigo.

Mis lágrimas rodaban una tras otras por mis mejillas sin poder parar hasta chocar contra el agua que desde entonces se transformó en tenebrosa, fría y lejana.

Por eso al ver esas aguas, después de tantos años, sentí rechazo hacia ellas.

Era por esa razón, que no podía recordar cuando ni donde habia visto antes este paisaje tan especial; porque todo fue un sueño en ese tronco ancho y viejo de aquel bosque en la tarde de otoño.

Gracias por dejarme regalarte
una parte de mí para tu libro.
Muchos éxitos.
Mariela Sánchez.

Por ser la última vez

Él se preparaba en el cuarto frente a su esposa para ir a una cena de trabajo. Era muy importante, le comentaba, ya que era una cuenta nueva, según él.

En verdad, él iría a encontrarse por última vez con esa mujer que conoció hace más de cinco años; de quien se había enamorado profundamente, aunque nunca se lo había dicho ni se lo diría.

Su mujer también sabía sobre ese encuentro, pero decidió callar y aceptar sus excusas, porque lo único que ella deseaba era tenerlo a su lado a como diera lugar.

Porque su amor no tenía límites. No tenía límites con la cordura, ni con el amor propio, ni con la dignidad.

Y él, como ella era la madre de sus hijas y había sido muy comprensiva soportando sus locuras por más de quince años, no podía destruir esa estructura familiar de la que tan bien hablaba la gente que los rodeaba.

Al llegar a casa de su amante, ella abrió la puerta y al verse, sus miradas se mezclaron con la emoción del amor, de los años de bella convivencia, de los días especiales que compartieron, del tratar de alejarse tantas veces, pero sin "éxito", de las largas charlas en la madrugada, de los conciertos de guitarra que él le dedicó tantas veces...

Y sin palabras, se abrazaron largamente.

Se dieron horas para decirse adiós por última vez.

Sus cuerpos, sufrientes, se entrelazaban con esa pasion de saber que ya no se volverían a tocar, ni a ver, ni a desear.

Escucharon toda la música que había deleitado sus oídos por todos esos días de todos esos años...

Tomaron la decisión de guardar las melodías principales en un disco compacto, donde si sentían nostalgia en algún momento, a partir de esa última noche, lo escucharían para tranquilizar y dar paz a sus almas.

El no quería q esa noche amaneciera.

Ella necesitaba de sus manos, pero sabía que las tendría apenas por unas horas más.

El no deseaba que esos labios le dijeran hasta nunca.

Ella ansiaba su piel contra su piel, pero sabía que esa magia no aparecería jamás.

El sólo se dejaba al fragor de pasar ese momento amando, amando y amando otra vez.

Y ella amaba que él la convenciera con sus palabras en un segundo... pero ese segundo ya no volvería a sus relojes...

Cuando llegó el final, solo hicieron un pacto: RESPETAR EL AMOR QUE SE TENIAN... QUE MORIRIA FRENTE AL MUNDO... PERO QUE ESTARIA POR SIEMPRE EN SUS CORAZONES.

Porque el amor no se envilece, porque el amor todo lo da, porque el amor todo lo perdona...

Y aunque por ser la última vez, al menos en esta vida, se despidieron con un hasta luego.

Y nada más.

Rosas en la cama

En el amanecer de ese mismo día ella se iba para siempre de su camino.

Se canso de esperar lo que nunca llegaría.

Fue tanto lo que vivieron juntos, que aunque ella se iba con cierta tristeza en su maleta, sabia que lo que habia sentido junto a el era único.

Único como el amor profesado.

Único como cada día con el.

Único como la felicidad vivida.

Se conocieron en un bar, presentados por alguien común a ellos.

Ella, libre como el viento.

El, prisionero, pero cómodo.

Sin pausa, fueron uniendo sus cuerpos primero, sus experiencias más tarde, sus corazones a lo largo de cinco años.

El, con esposa, hijas.

Ella, una gata y mucha vida por contar. Armaron una especie de escenario donde los dos se sentían bien, quizás aprendiendo y soñando cada uno lo suyo.

Cabe aclarar que la clase social aquí no existía, lo que en realidad los separaba era el miedo.

Porque ella siempre fue muy valiente.

Pero el nunca se atrevió a más.

Y ella lo aceptaba asi porque el amor hacia el la llenaba de tal alegria que solo contaba el presente, nunca penso en futuro con el.

Tal era ese amor, que fue la primera vez que ella deseo un hijo.

Porque siempre habia dicho que si ella concebía un ser, seria solo desde el amor mas puro que pudiera tener hacia alguien.

Y asi lo sentia ella, en esos momentos.

Y ese sueño de ser madre paso con mucha pena, porque no llego a su fin...

Con angustia en su alma siguió ella su camino, aunque el no la acompañó.

Cuando estaba recomenzando, después de tanta amargura, el reapareció pidiéndole perdón... y ella asi lo hizo.

Con ese perdón y con tanto amor siguieron juntos hasta que el decidió alejarse nuevamente, ya que esta vez el se preparaba para darse otra oportunidad con su familia...

Ella lo acepto porque el amor por el era eterno, y sobre todo, libre.

Ella sabia que el no se quedaria a su lado... aunque volviera mil veces.

Hasta que llego un momento en que ella se dio cuenta de que no solo era sentir amor por alguien, sino también que ese amor DEBIA SER RE-CI-PRO-CO.

Sino, no valía la pena.

Por eso, al irse del lugar donde por tantos años los vio disfrutar del tiempo compartido, ella dejo regadas por todos los rincones las rosas que el, cada mes, le enviaba... Ella las habia conservado tan frescas como las que hoy dejaría sobre la cama, en recuerdo al gran amor que ya no estaría mas, porque lo empaco en esa maleta que también abandonaría allí, como parte del adiós...

Errando deseos

...Y el perro seguía gimiendo luego de ese huracán tan extraño para ser verano.

Ella no podía darse cuenta si gemía de dolor, de miedo o de muerte.

Tenía tanto temor de bajar las escaleras y ver la realidad...

Despacio y temblorosa decidió bajar por fin.

A medida que iba definiéndose la planta baja, porque luego del terrible huracán todo era indescriptible, ella fue viendo por que aquel perro seguía, de alguna manera, sufriendo.

Todo a su alrededor era un infierno.

Lenguas de fuego, ángeles vomitando plagas, todo ese pedazo de tierra temblando de terror.

Su mente no podía contener tanto espanto!!!

Fue lentamente a la cocina.

Y allí vio algo que la estremeció aun más... Un ángel estaba llorando profundamente.

No sabiendo como hablarle puesto que tampoco ella sabía como es que lo podía ver...asi comenzó:

– No se que ha pasado en mi casa, podrías tu explicarme por que hay tanto horror aquí??? Y por qué están aquí ustedes???

El, enjugándose las lagrimas, le contesto:

– Tu oraste mucho pero erraste al pedir tu deseo y entonces...

Ella lo interrumpió gritando:

– Que yo equivoque la oración??? Solo pedí que el dolor de mi corazón saliera de mí... Que no importaba donde se fuera, pero que esta tristeza de amor tan inmensa dejara mi cuerpo!! Eso es orar mal!?!?!?!?!

– Lamentablemente tengo que decirte que si – Le dijo el ángel.

– Porque si hubieras dicho que nuestro Dios se llevara tu dolor, El con todo su amor te hubiera concedido la petición... Pero no... lo que hiciste fue invocar al ángel mundano ya que pediste que todo lo oscuro y doloroso que habia dentro de ti saliera... entonces, el lo que hizo fue transformarlo en desastres terrenales... Y nosotros, al ver todo eso, lo único que pudimos hacer es que fuera solo aquí, dentro de tu propia casa, para que vieras lo que significa el poder del pensamiento cuando es negativo.

Ella quedo sin respiración por un momento volviendo a observar ese mundo interno que ahora estaba fuera de ella, y lo que era peor, fuera de control!

Tratando de componer sus pensamientos deshechos atino a arrodillarse y suplicarles a esos pobres ángeles que resolvieran la situación de alguna manera donde pudiera recuperar lo que habia perdido.

Uno de los ángeles que habia quedado en la sala, escuchándola, trato de consolarla diciendo:

– Si quieres que todo vuelva a su lugar como habia estado hasta antes del instante donde erraste el deseo tan profundo de tu corazón, tienes que seguir nuestras instrucciones, si no lo haces exactamente asi, te perderás en un camino sin regreso.

– Esta bien, lo que sea para poder juntar los pedazos de mi que están aquí y que me hace tanto daño mirar sin poder hacer nada, se los pido con todas mis fuerzas ángeles de la divinidad suprema – les rogó ella desconsolada.

Uno de los ángeles, el más alto y espigado, le ordeno suavemente:

– En silencio y con el ferviente deseo de terminar con el dolor de tu alma y tratando de afrontar la vida de cada día con amor hacia ti, iras uniendo estas piezas destrozadas, que son parte de ti, como si fuera un inmenso rompecabezas... si asi lo haces, al terminar, veras la otra cara de tu verdadero deseo.

– Gracias ángel mío... juro, prometo que eso es lo que haré ya – contesto ella con ganas de recomenzar... se le podía ver en su carita triste, un segundo antes.

– Nos harás caso, verdad? Le pregunto el ángel de la paz, esa paz que a ella le habia faltado por tantos años.

– Se los juro, mejor dicho, me lo juro a mi misma que es con quien viviré tratando de ser feliz a partir de hoy. – Contesto casi sonriendo.

Y asi lo hizo... fue armando ese gran rompecabezas que en si es la vida, donde cada día se transforma en una pieza para ir colocando una al lado de la otra con todo el amor que uno siente hacia si mismo y hacia los demás...

Cuando termino de armarlo, una luz la cubrió y ella fue acariciada por una paz infinita y una sensación de estar protegida como nunca antes habia experimentado.

Y en ese momento todo volvió a ser como antes, cada cosa volvió a su lugar, como debe de ser.

Y aprendió que la perdida de un amor, la muerte de un ser querido, o simplemente las perdidas materiales, no deben ser el final, sino que tienen que ser aprendizaje para el camino que nos espera mas adelante.

Y ella se dio cuenta de que esa otra cara del verdadero deseo que el ángel le habia nombrado habia sido rearmada por ella misma, gracias a su paciencia y a las ansias de ser feliz nuevamente.

Coincidencias vs. Consecuencias

Era una casa atractiva, pero parecía que al mismo tiempo que sentían una gran angustia al verla, no podían dejar de escogerla porque habia algo en ella que los atraía; y en si era mas a ella que a él...

Se preguntaron algunas veces antes de comprarla que era "eso" que los magnetizaba al querer elegirla.

– Será el aroma que sale de la madera del salón principal? – decía ella.

– Será el subsuelo que me interesa para transformarlo en sala de pintura? – comentaba el.

Llego el día de la mudanza y entonces sintieron unas inevitables ganas de arrepentirse, pero ya era demasiado tarde.

Al amanecer siguiente, el estaba profundamente dormido en el sofá del subsuelo.

Se despertó muy entusiasmado. Fue a la cocina a preparar el desayuno para compartirlo con ella.

Una vez listo, pensó: "Aquí será el principio de una vida llena de sorpresas".

Y tenía razón. Esta casa, en solo ese día, le traería a ambos más de una sorpresa.

Fue con la bandeja del desayuno a despertarla porque cuando la llamo, no obtuvo respuesta alguna.

Apoyándola en la mesa de la sala "madera" – le habian puesto asi ya que era extraña, estaba rodeada de una madera que parecía recién extraída del bosque por su aroma tan penetrante y húmedo –, la llamo más de una vez; lo raro era que él sentia su presencia, pero ella no estaba allí.
Hasta que él escuchó su voz...

– Querido!!! Ayúdame!!!

Esta madera absorbió mi ser... y no puedo volver a ser yo físicamente!!! Te lo suplico!!! Ayúdame!!!

Él, desesperado, trató de arrancar la madera, pero sin éxito.

Trató que ella continuara hablando para saber donde estaba realmente... pero su voz salía de toda la maldita madera!!!

Estuvieron asi muchas horas, pero nada cambiaba.

Ella, cansada de pensar, por qué esa sala la habia "tomado sin permiso" de su vida normal, recordó que entre sus antepasados hubo personas de gran poder, que desbastaron la mayoría de los bosques de esa zona, donde ahora estaban viviendo!!!

Cómo podía haber tanta coincidencia?!?

Recordó que un maestro chino le habia enseñado que no habia coincidencias en la vida física, sino consecuencias que venían de vidas pasadas a cobrarse, en algún momento, al presente.

Por fin, ella lo que decidió fue pedir perdón con todo su corazón y toda su mente a esa naturaleza mutilada, arrebatada sin permiso, sin haber tenido ningún cuidado por el mundo natural.

Luego de esa súplica sincera, y en la madrugada mas larga de su vida, ella reapareció, recostada sobre el pecho de su amado.

En la mañana, el abrió sus ojos muy sobresaltado, abrazando muy asustado a su enamorada, y despertándola, le contó la pesadilla que habia tenido sobre ella y la madera...

Tranquilos, que por ahora solo fue un mal sueño...

Pero presten atención al mundo en que viven, y cuídenlo, no sea cosa que se les venga en contra y responda, ok?!?

Un rio lleno de vidas

Rio Vidas.

Asi se llamaba el rio que cruzaba dos países en algún lugar del mundo.

Este rio se transformo en frontera cuando en algún momento de la historia de estos dos países, un poder mayor hizo q se dibujara una línea divisoria de tierras, una línea divisoria de culturas, una línea divisoria de pensamientos, una línea divisoria donde la vida y la muerte estarían jugando un papel mas importante que el del amor por compartir LAS TIERRAS.

El cruce solo lo hacían al norte, porque en el norte era donde se podía vivir y poder ayudar a la gente que habia quedado en el sur...

Durante muchísimos años este cruce se pudo hacer fácilmente, porque no habia motivos reales para interrumpir este transito, donde los del sur iban al norte a trabajar y volvían sin peligro alguno.

Hasta que llego un momento donde los del norte comenzaron a darse cuenta que los del sur estaban por todas partes haciendo un futuro en lo que los del norte llamaban "su país".

A partir de allí todo cambio. La paz se termino.

Los del norte iniciaron una guerra silenciosa para sacar de cualquier manera a los del sur puesto que estaban arrasando con su cultura, según los del norte, donde no se la podía cambiar porque ellos la habian construido tan estructurada que no habia lugar para el cambio, aunque este cambio fuera para mejorar la vida de todos.

Y asi, si a alguien del sur se le ocurría cruzar al norte, alguien del norte le truncaba el paso. De que manera? De cualquier manera.

Y esto pasaba todos los días, todas las horas, todos los minutos de todos los años...

Asi pasó hasta que un día el rio comenzó a tragárselos uno a uno...

Era un horror presenciar este espectáculo, y mas para los del sur donde sus familias eran fagocitadas por esas inmensas aguas densas, pesadas y muy, muy oscuras.

Con solamente pisar las orillas del lado sur, este rio absorbía el cuerpo de ese adulto, de ese niño que deseaba con tanto fervor llegar al norte para cambiar su presente por un futuro mejor, según su teoría.

Al principio, esta gente tragada por rio Vidas, al sentir que no era lo mismo, que lo que estaban presenciando no tenia nada que ver con su realidad recién dejada unos minutos atrás, creían que perecerían...

Algunos no resistieron cambiar tanto sus estructuras y se dejaron morir...

Otros, al ver que si cambiaban su mentalidad podrían hacer de su presente algo mejor, aprendieron a vivir en un mundo diferente, con todo su alrededor completamente distinto a lo que hasta recién habian comprendido como "estar vivo".

Los del sur al no poder hacer ya nada por su gente fagocitada por este lúgubre rio.

Decidieron ir a las autoridades para poner punto final a tanta hambre, para poner punto final a tanta injusticia personal, para poner punto final a separar familias para poder subsistir, para poner punto final a no tener ya futuro en sus propias tierras.

Y las autoridades, ya sin poder lavarse las manos, ya sin poder hacer oídos sordos, ya sin poder hacer la vista gorda a tanta miseria y a tanto espanto, tuvieron que realizar verdaderos esfuerzos para que su pueblo obtuviera trabajos dignos, para obtener ese dinero que pudiera alimentar a cada familia, para poder educar apropiadamente y que esos jóvenes sean cultos para gobernar sin robar el futuro a sus propias gentes, para poder al fin y al cabo hacer sentir que a ese pueblo lo respalda con justicia y verdadera identidad su representante frente a cualquier contratiempo interno o externo.

Los del norte, por su parte, también tuvieron que reformar su presente poniendo a trabajar en esos puestos que ya no tenían los del sur, a su propia gente...

Los del norte, con todo su maravilloso presente, volvieron a ser pasado teniendo que realizar esos trabajos manuales que ya no hacían ni pensaban hacer... para reconocer que colocar fronteras solo separan... nunca unen.

Y en el medio quedo ese rio lleno de vidas donde sin dar cuenta al norte ni dar cuenta al sur, haría que esa gente quedara en el recuerdo de todos como los valientes que decidieron dar la vida por un futuro mejor.

Y este es el fin... será el fin?

Cinco pensamientos... antes del final...

Aquí y ahora

Sentir que el aire respira nuestro aire...
y vuela alrededor sin inquietarse...

Sentir que se pueden abrir todas las puertas...
porque se tienen todas las llaves...

Sentir que el universo esta al alcance de los dedos... y tocarlo!!!

Sentir que el tiempo se detiene...
y se queda un rato entre nosotros...

Sentir que se siente... cuando se siente....

Sentir que nada y todo... ya no tienen sentido...

Sentir que cada uno es mejor... después de cada historia vivida intensamente...

Sentir que se puede ser libre,... aunque a veces la vida ate un poco...

Y... sentir que la felicidad trasciende más allá del fin...

Cada vez que te miro

Cada vez que te miro… me miro.
Porque siento que puedo quedarme en tus ojos sin miedo alguno.

Cada vez que te miro...
Un mar intenso viene hacia mí y me baña sin mojarme.

Cada vez que te miro…
Tus ojos dicen que me aman porque son mis ojos los que te miran amándote…

Cada vez que te miro…
Una luz tibia se enciende dentro de mí dándote luz aunque no la quieras ver.

Y cada vez que te miro…
Siento paz porque mi corazón te conoció.
(Y doy gracias al Universo por eso).

Medidas

Medir las palabras para no lastimarse.

Medir los movimientos para no desviarse.

Medir los actos para no lamentarse.

Medir las distancias para no golpearse.

Medir los impulsos para no caerse.

Medir las intenciones para no desesperarse.

Medir las actitudes para no arrepentirse.

Medir las penas para no enfermarse.

Medir bien… para no ser medidos… mal.

Es posible?

Se puede creer en alguien que miente?

Se puede confiar en alguien que fallo ante la confianza de otra persona?

Se puede estar seguro de alguien que no esta seguro de nada?

Se puede amar a alguien que sufre de egoísmo?

Se puede sentir libertad con alguien que controla?

Tras estas preguntas, hay una verdad: se puede, porque siempre es tiempo de recomenzar.

Asi sea.

Quizás, tal vez, como nunca y como siempre

Y quizás no esté ahí cuando regreses.

Y quizás ya hayas emprendido un nuevo vuelo.

Y tal vez me haya cansado de buscarte.

Y tal vez sea tarde para recomenzar.

Y como nunca siento deseos de encontrarte.

Y como siempre me quedo quieta para olvidarte.

Maybe, perhaps, like never and like always

And maybe you won’t be there when I come back.

And maybe you would have already started a new fly.

And maybe I’ll be tired of thinking of you.

And maybe it will be too late to start again.

And, like never, I feel the desire to find you.

And, like always, I will stay put to forget about you.